句集

# 小判草

こばんそう

大崎紀夫

ウエップ

句集　小判草／目次

句集

# 小判草

こばんそう

装丁・近野裕一

# Ⅰ　２０１５年

〔220句〕

幼子の箸が草石蚕《ちょろぎ》をつまみゆく

冬菊の燃えかすとして少し茎

湯帰りの雪道すでにまつさらに
空へゆく紙垂《しで》の燃えかすどんど焼

寒鯉の釣られて大き攩網の中

炭焼の小屋へ弁当届きけり

敷石へ靴跡もどる霜柱

ビニールを障子に貼つてある山家

榾の節かこんでほのほ渦巻いて

川底に底ついてゐる寒の舟

海からの夕風すさぶきりたんぽ

枝雪のばさりと落つる女坂

朝市の裏手に雪のしづる音
晴るる日は湖のしぶきの枝に凍り

ちぎれては邑へ飛びゆく波の花

木に草に風の来てゐる雪催

焚くまでの冬菊の束日に当てて
日向へと水脈曳いてゆくかいつぶり

けもの道へと標の跡つづく
ふたり来る冬たんぽぽを髪に挿し

山暮るる十王堂の雪やんで
一つ星出てより豆を撒きにけり

暮れかぬる雲と暮ゆく川岸と
牛のこゑ春の霙の向うより

川岸の雪間へおりてゆく雀

漁師らが春の雷きいてをり

木馬館通り暮れゆく春時雨

やや焦げし諸子へ醤油たらしけり

春風に吹かるる緋毛氈の端

木を石を囲む箒目梅の花

巡礼の杖の触れゆく花馬酔木

孕み鹿しかせんべいに口を出す

道ばたでつむじ風消え黄水仙

オシラさま遊ばせる日の花林檎

艫《とも》で竿出して眺める初桜

祠へと小石供へて土筆摘む

亀鳴いてそのあと欠伸するこゑを

水ひかる豆腐屋の床鳥帰る

船小屋に風木苺の花に風

海苔を干すにほひ物置小屋のそば

修那羅峠

痰の神痔の神春は闌けにけり

吊り橋をまたひとりくる山桜

トラックが陶土をおろす春の鵙

内海へ雲の出てゆく虻の昼

半玉が船に乗り込む夕ざくら

星ひとつ出て花冷えとなりにけり

外堀の水に風ある夜のさくら

うすら日の空へ辛夷のひらきけり

安曇野に安曇野の雨花辛夷

春昼の大皿小皿てらてらと

メモリアルホールに隣り田の蛙

散骨の船出て岸は虻の昼

舟揚げるモーター錆びて春の鳶

台おりるパントマイマー月おぼろ

春まつり社出てすぐ田んぼ道

犬ふぐり空地に砂利と土の山

田の水に日暮るるひかり遍路道
太陽がいつぱいゆすらうめ咲いて

四月一日地面より足が生え

岩場より硫黄のにほひ母子草

海へゆく坂に浜大根の花

土手を来る犬へしきりに散る桜

花は葉にゆく雲ひとつづつ白く
手が伸びて春の雷鳴ひと握り

たんぽぽの絮とぶ午後を飛行船
にらの花農家の方で鶏が鳴き

春昼の港に空のドラム缶

辛夷咲く与謝郡いま真昼時

湯小屋へと下駄はいて出る夕蛙

春まつり道のはづれにポン菓子屋

畝の間にほろろ打ちをり雨近し

すれ違ふ列車まだ来ぬ目借時

給食の時間さくらは咲きみちて
岸壁の端まで蝶のゆきにけり

たんぽぽに影しつかりとあつて昼

蝌蚪の国へと長靴がばしやと入る

引き潮に乗つて舟ゆく石蓴《あおさ》とり

左右より川が近づく草いきれ

落ち口へ池の水ゆく著莪の花

日の暮の邑に雨くる山法師

夕立を見るとき膝をくづしけり

きりぎしで折り返しくる岩つばめ

工場の裏手に茅花流しかな

夕立の雨脚湖をわたりくる

ひとつ行く雲を眺めて更衣

御輿待つ角の木かげに場所占めて

石仏の台座は残り姫女苑

闘牛の鼻先にある蠅のころ

干草の向うで牛が鳴きにけり

金魚玉より覗かれてゐるばかり

鵜籠より鵜が顔みせてゐる昼間

蠅叩きやや凹みたる方が裏

炎昼の電柱に電線の影

小判草日暮れの雨は海より来

蛭泳ぐ田水へ雨の来るけはひ

民宿の風鈴下の階で鳴る

猫が猫追ってゆきけり胡麻の花

炎昼のからすが一度二度はねて

魚屋の奥の座敷に扇風機

村まつりテントの脚に砂袋

蝙蝠が飛んで運河の水は暮れ
夕空に山背のこゑのしづかにも

船頭の小屋に釣竿遠郭公

漁師らは無住の寺へ草刈りに

蠅叩き沖まで晴れ間つづきゐて

空き缶の蹴られてゆけり麦の秋

梅雨晴間役場の屋根に鳩とまる

金網の向うに夏の夜の工事

夏炉焚く薪は積まれて家の横

白南風の描きし風紋踏みきたる

雨雲が行けば風来る合歓の花

ワイパーの動きは速し山うつぎ

ペタンクの球当たる音木槿咲く

海揚がりの壺とや薔薇の一枝挿し

紙切れが炎昼の川ながれくる

見下ろせば広場の隅に金魚売

雲はやし浜に昆布の干されゐて
ひまはりの正面を見る道がない

海鞘すすりをればいつしか昏るる海

蹤く人も草踏んでゆく蓴池

蠅虎本より畳へと跳ねる

炎天をきて向き変へる飛行船

茅舎忌の向日葵に雨降りにけり

鋳物製風鈴鋳物工場に

病葉がふうはり草に葉のうへに

引き潮のこゑ聞きをれば遠花火

日の暮れの暮るる明りに岩鏡

かき氷猫が日向をよぎりゆく

きりぎしへ午後の日うつる岩煙草

トロ箱は日向に積まれ月見草

閘門《こうもん》を猪牙《ちょき》で出てゆく露伴の忌
流れゆく西瓜の皮は日を受けて

日向へとひらと出てきて秋の蝶

蚯蚓鳴く道を近江へくだりけり

鉄骨が高く吊られてゆく残暑

秋すだれ越しに隣家の屋根と空

撃たれたるところに血糊猪にほふ

白つぽい午後の山なみ添水鳴る

輪にしたる銀水引をもらひけり

土佐の夜の泥絵のごとき残暑かな

テーブルにナイフとフォーク小鳥来る

城跡の空より来たる稲雀

竹問屋の竹立ちならぶ秋じめり

紙皿に野良猫の餌野紺菊

藤袴田んぼの先に長き磴

布袋竹の竿出して釣る今年鯊

堰へきて差し潮とまる黍あらし

蓑虫の揺れやめばまた突つきけり

風の日の河原あかるく曼珠沙華

月白の川原に工事事務所の灯

皿に無花果皿のかげぼんやりと

貨物船の積荷に釣瓶落しかな

乾きたる磧を秋の蝶がゆく
人影のふくらんでゆく稲びかり

道のぼりゆけば洗ひ場赤まんま

零余子採り雨の雫を零しつつ

夜の湿り山をおりくる風の盆

左京区の小路に雨後の秋日差

桐の実へ会津の小雨きたりけり

うろこ雲暮れゆく海はたひらかに

バーの灯の六時にともるそぞろ寒

栗拾ひ向かひの山に日は近く

団栗を投げて水音ひとつづつ

角まがるなりこほろぎの鳴く空地

ふんはりと藪覆ひけり藪からし

行く秋の笹竹揺れて揺れやんで

秋晴れてどぢやう屋前に傘雨句碑

筋雲のいくつか茱萸を摘みをれば

読み捨てし雑誌へ秋のゆく日差し
さいかちの莢のぶらりとしたるまま

セビリア　3句

秋の夜のバルにヴィーノとトルティージャ

酔っ払ひの木の花咲いて朝涼し

秋ともし磔刑像は膝合はせ

ロンダ

白壁のひび割れに草末枯れて

ミハス

目の前を驢馬の尻ゆく秋暑し

マラガ

いわし雲ベンチにピカソ像は座し

グラナダ

秋風の吹くグラナダにきて日暮れ

アルハンブラ　2句

菩提樹の黄葉の下に佇ちにけり

秋風は広場へ路地を吹きたる

コルドバへ　3句

丘過ぎてまたオリーブの秋の丘

糸杉の道に糠雨小鳥鳴く

冷まじや司教の墓を踏んづけて

コンスエグラ　２句

秋ぐもり風車の羽根に雀ゐて

サフランの雌蕊に鼻を近づけて

マドリッド　2句

冷まじや「ゲルニカ」の母死児を抱き

焼きたての茸を秋の夜のバール

洗ひ場の柱の缶に野紺菊

草の花列車連結音ひとつ

磧よりきて草の花あるところ
車ゆく葛の葉裏へ泥はねて

ここよりは坂道ゆるく雁わたし
一輪車くるりと秋はゆきにけり

猪罠を積んで麓をゆく車

銀杏が落ちゐる車止めの先

舟小屋の日向の軒に柿干され

紅葉かつ散る吊り橋の先に宿

土手おりてきて秋蝶は川上へ

田の神の甑《こしき》へと雪鉢へ雪

タンゴ聴く夜はストーブの火を強く

よく晴れて札所の庭に干し大根

子らがゐて寺の鐘つく花八ツ手

冬凪いでかまぼこ工場より煙

炭窯のけむりと分かる煙見ゆ
重油ストーブがうがうと海のそば

熱燗を木地師の木地の椀につぐ

砂嘴けづる河口の流れ雪催

伏して干す笊にとまれり冬の蜂

釣り堀の銀杏落葉を釣ることも

しぐるる夜地下へおりればジャズ酒場

菜を洗ふ千切れたる葉は流れ去り

猪撃ちの男ら獣くさく来る

雪しまく夜はガーガーラジオ鳴り

それぞれの牡蠣小屋裏に殻の山

ビー玉をビー玉に当てカチと冬

風花が電信柱よけにけり

がらがらと硝子戸を開け焼鳥屋

蔦枯れしフェンスの先にショベルカー

引き波を追ふかに千鳥百羽ゆく

鷹のかげ倉敷川をよぎりけり

杭まはりのこして水面凍りけり

# Ⅱ　２０１６年

〔197句〕

電灯の上に天井去年今年

元日の干し物つつがなく乾き

ぽこぺんとぽつぺん鳴らす雲なき日
列なしてダンプカー来る寒の入り

鰐口を鳴らし人去る雪催ひ
冬深む隣りの椅子に鞄置き

砂利山が河原にならぶ冬ひばり

焚火の火見えて太鼓と鉦の音

飛行機の灯がオリオンをよぎりけり

電波塔はしづかに高し雪催ひ

靴跡に散らばつてゐる霜柱

霜ばしら上に小石の浮くがごと

綿ゴミを指でつまんで冬の昼

縁側に干大根の影ならぶ

石切場そばの早梅咲きにけり

乙字忌のオリオンはるかにてはるか

雪かぶる金の成る木の葉がみどり
蜜柑もぐ手を休めれば海ひかる

杭打ちの現場に近く寒雀

雪降れり駅のホームを鳩歩き

大雪の日なり虫歯を抜く日なり
カチと皿かさねて寒き日なりけり

日がうつりゆく下仁田の葱畑

風の夜の出羽に蕎麦搔そして酒

初春のダンス教習所は二階

野焼き跡にほふ小雨となりにけり

メモリアルホールは休み春あらし
鯉の口みて草餅を食ふことに

北千住駅の西口春疾風

天井の近くの壁に春の蠅

梅白し雀のこゑは辺りより
土手越えてくる遠足の子供たち

経蔵へ日はうつりけり花馬酔木

雲まるくゆく日の亀の鳴きにけり

もり蕎麦の大盛り春の日は土間に

海市消えたりそのあとを油送船

立ちあがる河馬を去りゆく春の蠅

魚屋を出て日向へと春の蠅

蝶がゆく昼の休みの石切場

春昼の丸太の上にヘルメット

豆の花砂地の畑は畝低く

亀が鳴く亀屋万年堂のそば

春昼の工事現場に杭打ち機

たんぽぽの絮飛ぶ先に猫座り

子雀のころげゆくごとゆきにけり

花なづな踏切りわたりすぐに駅

坂道の山がはに家やまざくら

川岸に並ぶ砂利山柳絮とぶ

花ぐもり河口の砂嘴に鵜は並び

プレハブの飯場の方へ柳絮とぶ

湖へくまなく薄日山ざくら

春荒れの大川をゆく警備艇

つつじ咲く路地に防災井戸残り

苗木市《ピサ》はづれに石を売る小店

パリ

鎧窓開ければプラタナス若葉

モンパルナス墓地

トリスタン・ツァラの墓に薔薇の花

陽炎の向うで銅鑼の音がする
山藤は見上げるほどの木に垂れて

春の昼パン食ひにいく土手の上

旧道をわたり新道わたる蝶

泣き砂のほどよく乾き夏来たる

岩魚宿やうやくランプ灯りけり

仲見世に午後の日ラムネ玉ぽんと
日の暮れの雨となりけり河鹿鳴く

俎に魚の頭朝ぐもり

坂下に雨すこしくる傘雨の忌

針金の柄がぐにゃぐにゃの蠅叩

梅雨ぐもり潮目は岬あたりまで

バス停は田んぼの向う夏つばめ

片陰の一二歩とぎれゐるところ

芍薬に近きベンチの右の端
瑠璃とかげ土ぽろぽろの切通し

山羊群れて炎昼をくる鈴の音

ゴミを出す日は芍薬に雨が降り

蕎麦処の三和土を蟹の歩きゆく

きりぎしは濃く淡く濡れ岩たばこ

電柱に猫さがすビラ日の盛り

流木の灼けたるに腰おろしけり

揚げ舟の艫に風くる小判草

白つぽく空の灼けゐる日曜日

皮剝は釣れず馬面剝ばかり

ぼんやりと明るく曇り夏つばき

あたらしき蠅取りリボン吊られけり

角曲がつてもぴりぴりと日の盛り

蛸壺は積まれつぱなし月見草

雪渓を越えて鞍部に立てば風

物干しの柱に朝のなめくぢり

山法師砂場に砂のお城跡

来る人のうしろより現れ夏の蝶

木の洞の向うが見えて夏の墓地

突堤の舟虫ざざと消え真昼

飛行船が向き変へてゐる麦の秋

塀ぎはの夏萩吹かれゐるままに

校庭の向うに校舎雲の峰

斜ひに日除けの方へよぎりけり

累代の墓に夏蝶とまりけり

代走が塁に着くとき日雷

炎天をゆく次世代のジエット機

草矢つと刺さりしときの水ひかり

かき氷下のあんこに匙とどき

とことこと来てとことと立つ羽抜鶏

浮き沈みして流れゆく竹落葉

炎昼の坂おりてくる一輪車

ひまはりを見てゐていつか雲を見て

グラウンド灼けゐるへ蹴る予備のボール

ほほづき市　2句

ほほづき市雷おこしかりかりと

伝通院通りへもろに大西日
炎昼となりゐる交叉点の先

あつさりと手が届きけり夏蜜柑

巴里祭の夜の新宿に雨は降り

草刈りの途中の休み時間らし

つけ麺の看板夕焼け雲真っ赤

おしろいの咲きつてゐる夜の湿り
揚げ舟へ雨はしづかに夏あざみ

黒揚羽向うに土佐の海ひらけ
さるすべり雨はしずかに来たりけり

砂山は灼けゐて沖に雲ならび

日の残る高みを飛んで岩燕

蟬しぐれ舞殿の塵掃かれゐて

電柱で油蟬鳴くお昼ごろ

岩鏡すこしはなれて硫気孔

扇風機まはしてガード下酒場

坂くだりゆけば団子屋萩に雨

流灯の中州に寄りしものいくつ

鯊を焼く空のうつすら曇る日は
けのも道近し煙草の花咲いて

安産の御札授与所に女郎花
浜風が谷戸を吹くころ鬼やんま

朝顔を咲かせて幼稚園休み
ぽんぽんと威し銃ぽんぽんとまた

土手道の空で蜻蛉がつるみけり

畦曲るあたりの蚯蚓鳴いてをり

手と鎌のふたつが伸びて数珠子刈る

舟小屋の日向日向に秋の蠅

ぽん菓子機の音はどかんと秋まつり

いわし雲島の舟屋は屋根低く

コスモスの真上で電話線工事

水揚げの網よりいわしぽろぽろと

山あひに夜のきてゐる濁り酒

幕間は酒盛りとなる村芝居

台風がくる日ねぢりんぼう翻り

銀杏のにほひかなりの近さより

鶏頭の真つ赤ぱたぱた鶏はゆき
ほこほこのじやがたらいもに塩を振り

こぼれたる釣り餌に秋の蠅ぽつん
雨あとの暮るるあかるさ吾亦紅

鼻曲鮭はたちまち耀られけり

巡礼の道暮れてゆく草ひばり

夕風が出て野茨の実は乾き
大き柘榴に手が届くかも知れず

朝霧のはれてモンパルナスの墓

団栗の散らばるあたりより日向

鶏頭がひとつしばらく行つてまた
運動会道をへだてて町工場

昼に鳴くちちろ空地はひろびろと
黄葉かつ散る落葉松の下に佇つ

夜は長し朴葉が焦げて味噌が焼け

ダンプカー空荷でゆけり草の花

その辺にありしどんぐり独楽まはす

からす見てゐて団栗を踏みつぶす

活けられていかにも吾亦紅のいろ

甲斐晴れて物置き小屋の柿すだれ

芋の葉に雨鶏小屋の鶏鳴いて

うろこ雲土手にのぼれば川が見え

秋の蝿きてその辺にとまりけり

埃っぽい電球と笠氷《ひ》頭《ず》膾《なます》

巡礼として蒸かし藷もらひけり

土手下の畑に枯れて藷の蔓

笹鳴きはどぶ川沿ひの竹藪に

大前田英五郎墓桑枯るる

ほろ酔ひの身を囲炉裏よりやや離す

川漁の舟もどりくる雪もよひ

小春日の日ざし背中に良寛像

新潟吟行　5句

落葉踏みゆき踏みゆきて五合庵

雲間より日は魚沼の穭田へ

大攩網に鮭を取り入れ釣り終はる

すすき原向うにひかるトタン屋根

物置に鏝と曲尺小六月

綿虫のふたつのいつか離れけり

鰐口の音の近くに茶が咲いて

風花はふはと植木鉢を避け
ミキサー車が現場に並ぶ雪催

空堀の底をゆらゆら冬の蝶

馬穴あり底に海鼠の五つ六つ

葱屑は畑の穴に放らるる

笹子鳴く藪の近くに湯治宿

雪の宿湯屋に金精様並び

雪しまく港を低く飛ぶ鷗

池尻のあたりうつすら凍りけり

冬がすみ高圧線はだらり垂れ

枯蓮の田んぼに隣り舟溜り

自転車でピエロが帰る冬の星

冬の昼月犬小屋に犬座り

二階へとのぼれば炭火にほひけり

大魔羅をおつ立てて出る里神楽

漣の向う岸よりくる冬至

午後の日の薄れてきたる浮寝鳥

# あとがき

２０１５年と２０１６年の４１７句を集めて第９句集とした。

第８句集名は「ふな釣り」としたが、夏場の釣りにいくと、あちこちでよく小判草に出合う。その素朴な感じはいつ見てもいいもので、それで今度の句集名は「小判草」とした。

２０１７年９月

大崎紀夫

著者略歴

大崎紀夫（おおさき・のりお）

1940年（昭和15年）　埼玉県戸田市に生まれる
1963年（昭和38年）　東京大学仏文科卒　朝日新聞社に入社
1995年（平成７年）　「俳句朝日」創刊編集長
1996年（平成８年）　「短歌朝日」創刊　２誌の編集長を兼任
2000年（平成12年）　朝日新聞社を定年退社
「WEP俳句通信」創刊編集長
2001年（平成13年）　結社誌「やぶれ傘」創刊主宰

俳人協会会員　埼玉俳句連盟参与　日本俳人クラブ評議員
（財）水産無脊椎動物研究所理事

句集に『草いきれ』（04年）『榠樝の実』（06年）『竹煮草』（I・II合冊、08年）
『遍路——そして水と風と空と』（09年）『からす麦』（12年）『俵ぐみ』（14年）
『虻の昼』（15年）『ふな釣り』（16年）
詩集に『単純な歌』『ひとつの続き』
写真集に『スペイン』
旅の本に『湯治湯』『旅の風土記』『歩いてしか行けない秘湯』
釣り本は『全国雑魚釣り温泉の旅』をはじめ多数刊行
他に『渡し舟』『私鉄ローカル線』『農村歌舞伎』『ちぎれ雲』『地図と風』『*n*の方舟—大人の童話』など

現住所＝〒335-0022　戸田市上戸田1-21-7



句集　小判草

2017年9月15日　第1刷発行
著　者　大崎紀夫
発行者　池田友之
発行所　株式会社　ウエップ
〒160-0022　東京都新宿区新宿1-24-1-909
電話　03-5368-1870　郵便振替　00140-7-544128
印　刷　モリモト印刷株式会社

※定価はカバーに表示してあります　ISBN978-4-86608-047-5